*Mulheres que mordem*

BEATRIZ LEAL

# MULHERES QUE MORDEM

MOTOR

**ELENA** nunca tinha pensado em adoção. Pensava na finitude da vida e como ter um filho com seus próprios genes, gerado em seu próprio corpo, poderia causar a sensação de perpetuidade. Pensava nisso e em como esse mesmo pensamento era egoísta e como poderia ela ser tão egocêntrica. Elena pensava em não ter filho para não tê-lo por um ato egoísta, mas pensava na amargura que carregaria caso se arrependesse e chegasse o momento em que não pudesse mais ter. Pensava no cansaço e como poderia ter a inteligência emocional para criar uma outra pessoa. Mas pensava na sua mortalidade e na depressão causada pela falta de um amor incondicional, desses que só as mães têm. E pensava em resolver todos os problemas com o marido caso eles tivessem um filho, que atuaria como o motivo maior para a existência daquela casa de dois andares no bairro nobre da cidade portenha. Ao mesmo tempo, Elena considerava injusto ser esse o motivo para se ter filhos.

Elena tinha o livre-arbítrio. Elena podia controlar se queria ou não ter filho. Elena tinha a decisão nas mãos, o poder. Elena pensava em todo o resto, o que seria justo com ela, o que seria justo com o filho, o que seria egoísmo. Elena sobrepensava, pensava demais. Menos em adoção. Enquanto isso, o tumor consumia seu útero. Até o ponto em que a única maneira de se livrar dele era removendo do corpo a única porta que poderia algum dia lhe proporcionar o fim da finitude. Foi quando Elena passou a pensar em adoção.

**LAURA** enxerga o mundo plano e em tons pastéis. Às vezes em quadrados. E, então, tira fotos. Mas não imagina uma trilha sonora para o filme. Prefere o som do vento. Quando era mais nova, Laura usava os sonhos para fugir dos problemas. Adulta, Laura tem gosto por enfrentá-los. E quando faz um dia como hoje, nublado, mas claro, fresco e agradável, com cara de domingo, Laura sente um vazio por não ter problemas a resolver.

Às vezes encontra uma mecha no cabelo um pouco mais clara do que o desejado, e então a corta. Às vezes vomita no banheiro para desengordar daquela fatia de bolo cujas calorias não foram gastas no parque. Às vezes cria discussões desnecessárias no trabalho. Laura cria problemas porque é viciada em executar soluções. Nada é mais prazeroso do que cortar seu próprio cabelo e vomitar doce e sentir a sensação de problema resolvido. Riscar da lista. Os mais próximos se preocupam com Laura: "você faz coisas banais se tornarem problemas sérios". Perigo é ficar em silêncio, pensa Laura.

"Agradece, filha". A mãe de Laura falava quando ela era criança. "Agradece o céu azul e o dia bonito. Agradece o novo dia mesmo se ele for cinza. Agradece a nova chance. Agradece o recomeço. Agradece a vida. Agradece por suas amiguinhas da escola. Agradece pela sua professora. Agradece pelos seus pais. Agradece sua comida. A gente é tão feliz, né, Laura?"

Laura nunca respondia. Não por não concordar, mas simplesmente por não refletir ou não questionar a orientação que recebia. E em dias como este, em que Laura já acorda pensando em morrer, ela sente a culpa que vem acompanhada da falta de gratidão pela vida. Laura não é suicida. De vez em quando pensa em formas como as pessoas tomam suas próprias vidas — pular de um prédio, cortar os pulsos, misturar remédios — e o pensamento lhe dá vontade de chorar. Falta em Laura uma dose de desvio químico no cérebro para resultar nela a psicopatia necessária para ter o controle da própria finitude.

Mas há fases em que, diariamente, Laura acorda pensando em morrer. Um infarto, um assalto na rua, um tiro certeiro, uma queda de avião. Um jeito rápido, prático, fácil, indolor e falta de responsabilidade para ela não mais precisar escolher uma roupa, encarar o chefe, o pai, as convenções sociais que a forçam sorrir quando tem vontade de chorar. Sem motivo, porque Laura não tem motivos para ser triste.

A gratidão que sua mãe tentou lhe ensinar é o vazio, a peça do quebra-cabeça que falta, que de longe não parece que falta, mas, de perto, quando Laura tem tempo para pensar, cresce. O vazio, a falta da peça, toma conta do seu corpo, da sua pele, sobe nos cabelos e arrepia seu couro cabeludo, e Laura não sabe o que fazer com o pedaço da imagem de paisagem impressionista que ninguém vê que falta, mas que para ela falta até a unha caída do mindinho. É quando Laura não consegue mais rezar e não deita mais para dormir.

*Buenos Aires, 6 de setembro de 1981.*

*Minha busca terminou, Roberto.*

*Notificaram a morte da Clara e terei que fazer o reconhecimento do corpo amanhã.*

*Embora seja só um protocolo e não haja mais corpo nenhum a reconhecer, apenas ossos, encontraram minha filha. Encontraram a minha filha, ou alguns ossos para substituírem a ausência dela e calarem a minha boca. A ideia é enterrar a dor das mães para a busca terminar.*

*Não sei o que me apavora mais nessa história de reconhecer os ossos, Roberto. Se é a crueza da realidade que chega para preenchermos o cérebro todo com ela – por enquanto parece que ainda há uns dez por cento de cérebro que se recusa a acreditar que Clara esteja morta – ou se é o vazio da busca terminada. Não quero que minha busca acabe. As outras mães da praça dizem que o encontro com os corpos dos filhos é tenebroso, porém gera alívio. Como se a história tivesse um selo que encerrasse o pesadelo, para que possamos prosseguir com nossas vidas.*

*Como se o ponto alto e mais aterrorizante do pesadelo fosse também o ponto que liberta, que faz você acordar ou poder abrir uma outra janela de sonho.*

*Mas, pra mim, não sei que alívio o fim da busca pode proporcionar. Se pudesse escolher, escolheria buscar sempre, pois parece que toda a razão da minha existência agora é procurar. E se a busca não me proporciona uma Clara viva, ela não tem por que cessar.*

*Mas acho que amanhã é mesmo o fim de tudo.*

*Eu deveria fazer igual a você, mudar de país, encontrar a paz em algum canto e recomeçar. Mas, ao contrário de você, eu não tenho como recomeçar em paz, como se nada tivesse acontecido. Estou na menopausa, já perdi muita gente, a Clara, o Jorge... A palavra "recomeço" não consegue encontrar espaço na minha rotina.*

*Também diferentemente de você, a Clara era minha filha, como se fosse um braço amputado de mim sobre o qual perdi completamente o controle no instante em que ela começou a andar. Quando começou a falar, a pensar e a escrever então... Havia dias em que eu não podia acreditar que aquela pessoa, aquelas ideias de um mundo mais justo tivessem saído de dentro de mim. Por mais controladora que uma mãe possa conseguir se fazer, a verdade por trás da maternidade é a falta de controle. Ter de conviver com a ignorância sobre qual foi a história do fim da vida da própria filha é o cúmulo da falta de controle para uma mãe.*

*Mas, ao mesmo tempo, ter contato com a verdade está me assustando. Não sei se irei lá amanhã. Na semana que vem te escrevo novamente pra contar.*

*Com carinho,*

*Rosa*

**ELENA** contava quantas mordidas dava em cada mastigada. Estava preparando o café enquanto já comia um pedaço de pão sem manteiga, quando ouviu seu marido descendo as escadas. Os passos firmes, pensava, ele deve forçar para compensar a voz macia, que nada combina com sua profissão. Ramiro era carinhoso, compreensível, alegre, risonho: um santo. O único momento em que ela podia se conformar de que ele era mesmo um militar era quando ele caminhava.

Eles se conheceram havia cinco anos, em 1972. Ramiro acabara de se alistar no exército e tão logo iniciou os trabalhos não demorou para chegar a tenente-coronel. Ramiro se via obrigado a frequentar os círculos sociais dos militares, de que fazia parte o irmão de Elena.

Desde quando seu irmão ganhara a patente, Elena já se via prestando atenção em seu jeito de caminhar. Um passo atrás do outro, em movimentos idênticos. As pernas se afastavam do centro do corpo em direção à frente mantendo sempre a mesma distância. Perna esquerda elevada dez centímetros, rumo à frente outros vinte, formando um ângulo de 27 graus. Perna direita elevada dez centímetros, rumo à frente outros vinte, formando um ângulo de 27 graus. Tanta disciplina deixava Elena zonza.

Quando conheceu Elena, Ramiro se apaixonou. Quando conheceu Ramiro, Elena também se apaixonou. Não por ele, mas por ela novamente, pela forma como ele a enxergava por trás dos olhos castanhos. Elena se apaixonou também pela ideia de poder ser amada pelo resto de sua vida por alguém que satisfizesse as expectativas de sua mãe, de sua avó e das vizinhas. Ramiro impressionava e isso bastava para o coração ameno de Elena. Ela só teria que aprender a conviver com a disciplina, que já tinha contaminado os passos de Ramiro. Para lidar com isso, Elena começou a contar.

Ela se ocupava contando quantas mastigadas havia dado no frango, movimentando a arcada dentária inferior em direção à superior no ritmo da música que tocava ou dentro do compasso com que o repórter do rádio dava a notícia sobre a morte de Elvis Presley. Elena só não contava mastigadas quando ouvia de longe os passos fortes de Ramiro. Cinco anos depois, ela sabia que ele precisava, invariavelmente, de 59 passos para chegar do quarto à cozinha, de manhã, após acordar. Cinquenta e nove eram muitas mordidas em um só pedaço de pão sem manteiga, mas era mais forte em Elena o instinto de não interromper a contagem para colocar um novo pedaço na boca.

— Estão me oferecendo um bebê para adoção. O que você acha?

Havia alguns dias que Ramiro tinha essa informação. Ensaiara diversas vezes sobre como abordar o assunto com Elena. Desde a operação que removeu o útero dela, nenhum dos dois tivera a coragem de tocar no assunto sobre filhos. E Ramiro, consciente do motivo pelo qual Elena havia se casado com ele, sabia sobre a importância que era um filho nos planos dela de impressionar as vizinhas. Ramiro treinou muitas vezes antes de formular a pergunta, para não gaguejar, e, talvez por isso, sentiu surpresa e alívio quando Elena perguntou:

— Menino ou menina?

— Menina.

A bebê chegou no fim do dia seguinte e Elena ainda não a amava. Achou que receberia a resposta positiva de um processo de adoção com a humildade esperada de quem já carregou um tumor no útero, mas é um pouco mais complexo que isso. Passar a amar uma pessoa, mesmo que um bebê, é menos preto no branco do que contar quantas vezes se morde um pedaço de vagem. "Vou ensinar tudo o que sei. E aí vai ficar tudo bem. Vai ser melhor do que ter o mesmo sangue", pensou Elena enquanto ninava o bebê, que dormia, em paz.

— Trouxe pudim.

**LAURA** não gosta de cozinhar. Mas é Natal, e sua família a aguarda com algum prato, alguma forma de interação. Laura tem muitos amigos, mas não sabe como. As coisas básicas necessárias para a integração social não são do interesse de Laura: novelas, televisão, política, notícias, esportes, cozinhar ou provar comidas em restaurantes diferentes. Talvez o exemplo mais bizarro seja o da música. Laura não gosta música. Quando conhece alguém interessado por música de verdade, que não está só tentando se integrar ao grupo ou fazer tipo, Laura, geralmente, se apaixona. Mas continua sem gostar de música. Houve uma época em que, por causa de um namorado, ela até tentou se forçar a gostar, tentou nacionais e internacionais. No entanto, o único contato voluntariamente prazeroso de Laura com música foram as aulas de piano que havia tido na infância — com uma senhora das unhas roídas e dos dedos que só tremiam na hora de servir o suco. Nas saídas com os amigos e em shows, prefere bebidas e drogas. No carro, prefere ligar nas notícias, mas só presta realmente atenção quando há efemérides. Laura adora efemérides.

Amanhã faz 2006 anos que Jesus Cristo nasceu e não há véspera de efeméride mais celebrada do que esta. Laura trouxe pudim e sua família sequer imagina o transtorno emocional que é cozinhar para Laura e o que o pudim representa como forma de amor incondicional. Apesar dos quatro pacotes embalados no carro, o real presente para a família é o pudim. E eles não sabem. Os quatro pacotes são para seu pai, Ramiro, sua madrasta, Lúcia, e suas meias-irmãs, as duas filhas adolescentes de Lúcia, Laís e Sara.

Laura nasceu em Buenos Aires, ou assim diz sua certidão de nascimento. Foi criada no abastado bairro da Recoleta até os dez anos de idade. Sua mãe faleceu quando Laura tinha oito e, então, dois anos após tentar lidar com a perda, seu pai recebeu uma oferta para trabalhar na embaixada da Argentina no Brasil e, em 1987, os dois se mudaram para Brasília. Eles nunca mais voltaram. Nem para as férias.

Até meados dos anos 1990, Laura desenvolveu um relacionamento silencioso com o pai. Ela sentia necessidade da atenção dele, uma carência, cujo vazio nunca era passível de ser sanado. Ao mesmo tempo, sentia como se ele não a conhecesse o suficiente, como se, para ele, ela fosse ser sempre um clichê adolescente. Ganhava de seu pai discos long play do Gabriel O Pensador e Kid Abelha. Laura sentia uma linha de distância. Faltava a peça do quebra-cabeça, a liga. Laura também não sentia que conhecia seu pai por completo, que estava de fato inserida na rotina dele. Havia conflitos de menos. Eles dividiam uma casa e um passado em comum. E só.

Em 1995, Ramiro conheceu Lúcia e fizeram da boa companhia serena de dois viúvos, uma união estável. Para Laura, a união foi benéfica. Com uma mulher ao lado, que já era mãe de duas meninas, Ramiro passou a ficar mais sensível às demandas femininas de Laura. Ela, no entanto, não demorou para sair de casa. Quando começou a trabalhar e já ganhava o suficiente para se sustentar sozinha, há uns cinco anos, Laura se mudou. Desde então, mora sozinha, com amigos, com namorados, varia dependendo da demanda do momento. As pessoas alheias à família proporcionam para Laura a ilusão de complementação do quebra-cabeça. Mas essa sensação é sempre efêmera e superficial.

— Não acredito, Laura, que você fez um pudim! — exalta, surpresa, Sara, a mais nova das duas irmãs. — É a receita da mãe, de quando a gente era pequena?

— É sim!

— Muito legal, Laura, você resgatar uma receita da Lúcia de tanto tempo atrás — se emociona o pai.

— Laura, você não tem vontade de talvez algum dia fazer alguma receita que a sua mãe fazia? Tenho certeza de que seu pai se recordaria de alguma coisa.

Diante do silêncio do pai como reação à sugestão de Lúcia, Laura se abstém de dizer o que tinha vontade: "imagina, se meu pai não me conta nem o endereço de onde a gente morava, ou sequer me dá uma foto, quem dirá uma receita".

— Ah, você sabe como eu sou na cozinha, né? Esse pudim é exceção, nem se empolguem! — Laura gargalha.

Paciente: García de Los Ríos, imigrante.
Consulta n. 1 – 06/06/1992

*Desculpe, não sei muito bem como é que funciona.*

Fale só quando quiser.
*A senhora não tem que fazer perguntas?*

Farei quando achar conveniente.

Por que o senhor está aqui?
*Porque um colega meu me recomendou. Disse que estão todos fazendo. Que pode ajudar a reduzir a pena no caso de um julgamento.*

Você sente medo de ter que passar por um julgamento?
*Claro.*

É só isso que você sente? Medo?

*Não. A senhora sabe minha profissão. Sinto culpa.*

Não acho a ligação entre o militarismo e a culpa tão óbvia. A não ser... o senhor atuou na ditadura do seu país?
*Sim.*

É por isso que se mudou pra cá?
*Entre outras coisas.*

E, como militar, o senhor sente culpa por ter abandonado teu país?
*Não. Muitos dos meus colegas também estão no Brasil.*

Então a culpa é por quê?
*A senhora não imagina?*

Eu preciso que você verbalize.

Nosso tempo acabou.

*Buenos Aires, 25 de setembro de 1981.*

*Oi Roberto,*

*Como vai? Como anda a vida no Brasil? É muito quente por aí, tal como imaginamos? Já se adaptou à vida na praia?*

*Obrigada por sua resposta, pra mim é um alívio muito grande saber que você, mesmo tendo ido buscar paz em outro país, ainda se importa. Você é a única ponte viva que eu tenho com a minha, digo, nossa Clara. Não sei se seria muito doloroso pra você, mas peço que em sua próxima carta você me conte um pouco como era a vida de vocês. Talvez algum dia, quando você estiver preparado. Eu gostaria muito de montar o complexo quebra-cabeça que era a personalidade da minha filha. Eu só a conheço pelas lentes da visão de mãe. As outras mães da praça começaram a me contar sobre o papel da Clara para a militância. Pra mim, ouvir descrições da Clara sob outros pontos de vista é ao mesmo tempo doloroso e revigorante. Mexe bastante no meu ego e na minha insegurança saber que a Clara tinha par-*

*tes que eu não podia ver ou conhecer. Não consigo nem imaginar minha filha sendo comunista. Mas, ao mesmo tempo, ouvir sobre como ela era como mulher, como profissional, determinada, enfim, sem ser filha, me dá uma espécie de orgulho, um misto de excitação com curiosidade e idolatria. É como se eu fosse fã da Clara e precisasse cada vez mais de informações pra aumentar minha coleção.*

*Desde quando começamos a trocar correspondências, eu já queria te pedir isso, mas nunca tive coragem. Não queria invadir, pensei que talvez fosse inibi-lo de escrever (por favor, não se iniba, se você não quiser me contar ou revirar essa história, simplesmente me fale, mas não deixe de me escrever. Não cesse, por favor, o único vínculo que eu ainda mantenho com a Clara).*

*De qualquer forma, dessa vez criei coragem pra te pedir, porque eu fui reconhecer o corpo de Clara. E agora ela está oficialmente morta, com atestado de óbito e tudo. Acho que isso serve como prerrogativa pra eu me comportar como sogra louca e pedir que você me conte como era a Clara apaixonada.*

*Foi muito intimidante, sabe, Roberto? Eles me fecharam em uma sala fria e cinza, com uma mesa no meio, com um monte de gavetas em volta. Era como se fosse a mistura de uma sala de interroga-*

*tório com necrotério, talvez... Com escritório burocrático de qualquer ministério. E aí, nessa sala, eles trouxeram uma caixa com restos mortais de alguém, que poderiam muito bem ser ou não ser da Clara. Eu não vi muito, confesso que bati o olho e já disse logo que assinaria o que eles quisessem. É assim que acontece. Ver tão de perto, de forma tão fria e direta, os restos mortais de alguém – quando ainda estão tentando te convencer que este alguém é sua filha – é atemorizador. Na hora, o que acontece é uma súbita vontade de chorar incontrolável, que você não sabe de onde vem. O aperto na garganta vem como que descarga elétrica, de uma vez só, e as pernas ficam bambas. Você não questiona, você sai logo e assina o que quiserem que você assine. Eles não dizem nada, não são, em princípio, intimidantes. São cordiais, inclusive. Mas o cheiro da sala, com o peso da situação... A impressão que dá é que, enquanto você não se render, eles vão ficar ali te mostrando aqueles ossos. Sem parar. E a descarga na garganta não cessa.*

*Eu não guardaria um segredo sequer sob tortura.*

*Eles devem ter uma lista dos desaparecidos e seus pais. Os nomes devem seguir uma prioridade, talvez as mães da Praça de Maio tenham alguma, não sei. Aí eles devem contatar mãe por mãe, pai por pai, fazer essa encenação, sempre com o mesmo jogo de ossos, e conseguir a assinatura de todo mundo. Mais um serviço burocrático pro governo.*

*A busca terminou. A não ser por uma moça que me procurou logo depois que eu saí do departamento da polícia com um papel de uma outra associação, semelhante com as mães da Praça de Maio, só que para avós, falando que talvez eles tivessem mais informações sobre a Clara. Ainda não decidi se a busca vai continuar ou se vou parar por aqui. O que você acha?*

*Com carinho,*

*Rosa*

Paciente: García de Los Ríos, imigrante.
Consulta n. 2 – 20/06/1992

O que o senhor enxerga quando olha no espelho?
*Eu.*

Preciso que o senhor me dê mais detalhes... Por exemplo, o senhor presta mais atenção em que parte do seu rosto?
*Olha, pra ser sincero, eu não tenho espelho em casa.*

O senhor não tem espelho em casa?
*Não. Me vejo raramente quando passo em algum elevador, mas não presto muita atenção.*

Fotos?
*Evito.*

E por que o senhor não tem espelho?
*Os que eu tinha quebraram. Depois parei de ir atrás, de tanto ouvir "você não tem espelho em casa?" Gosto de poder responder que não.*

Em que contexto o senhor ouve essa frase?
*Ah, diversos. Mas, logo que me mudei pra cá, por causa do sotaque, o preconceito.*

E o senhor não tem nem um pouco de apego à sua língua?
*Que se dane o meu país.*

O que o senhor faz pra relaxar?
*Como?*

Pra passar as horas. Pra parar de pensar. O que o senhor faz?
*Gosto de jogar dominó.*

Por quê?
*Porque domino a técnica. Sei contar. Consigo calcular os riscos num jogo em que sou rival com a subjetividade dos cálculos de uma outra pessoa.*

Normalmente você ganha ou perde?
*Normalmente eu ganho.*

E quando perde, o que o senhor sente?
*Vergonha.*

É por isso que o senhor não tem espelho em casa?
*Não. Não tenho vergonha da minha cara.*

No geral, o senhor se acha um perdedor?
*Não.*

Por quê?
[resmunga algo incompreensível. A doutora insiste na pergunta]
*Na minha profissão, não tem como se sentir perdedor. A gente é condicionado dessa forma.*

Então o senhor se orgulha?
*Não. Sinto culpa das minhas vitórias.*

E a culpa não te faz se sentir um perdedor...
*Não. Fugi antes de a sensação de perda chegar.*

**ELENA** passava a maior parte do tempo, no início da década de 1980, sem lembrar sobre seu tumor e sobre adoção. Ela olhava para Laura, que tinha os cabelos muito pretos e, embora criança, um pouco de olheira, e conseguia se enxergar ali. Pensava que uma criança não se fazia de sangue, mas de amor e de história. Elena não cogitava mais a possibilidade de Laura não ser sua. Laura era dela, um tipo de posse que as mães têm, conscientes da irracionalidade do sentimento. Laura era peça dela. A peça cujas mordidas no empanado de frango Elena não podia contar.

Isso Elena pensava 95% do tempo. Havia uns raros momentos em que ela lembrava. Normalmente, quando Laura ficava calada e concentrada em alguma atividade — como ligar os pontos — e Elena não tinha nada para mastigar. Sem algo para contar e sem Laura desviando sua atenção, Elena observava a beleza e elegância inocente e infantil da filha. Imaginava como seria sua mãe biológica. Se Laura se parecia mais com o pai. Pensava como seria a vida de Laura se ela não tivesse sido colocada para adoção. Como Laura se chamaria... Quando esses pensamentos vinham, no entanto, não duravam vinte segundos. Elena dava um jeito de fazer seu cérebro mudar de assunto. Iluminar-se-ia uma cidade inteira fosse reunida toda a energia que Elena gastava para simplesmente não pensar.

**LAURA** desconfia das pessoas cujos contornos das íris são bem definidos. Por isso topou namorar esse rapaz de olhos verdes. A falta de contorno deixa o verde menos suspeito do que os olhos pretos — tão pretos que não permitiam deixar saber se havia ou não contornos ali — do último namorado.

É com esse novo namorado de olhos verdes que Laura descobre que vive como se fosse muito consciente do próprio peso. Não se apoia no parceiro, pois se sustenta quando dança. Arrisca dedilhar sem unhas o violão do namorado de forma a não incomodar os vizinhos, fala baixo. Quando dorme com o namorado de olhos verdes, tem o cuidado de tirar os braços de cima do peito dele no momento exato em que passa da consciência para a semiconsciência do sono, quando os pés ficam mais frios e está prestes a perder o controle da sustentação dos membros. Laura tem a impressão de ser mais pesada quando dorme profundo e, por isso, tem dificuldades para dormir com outras pessoas na mesma cama.

Controlar o próprio peso não é tarefa leve, e os alucinógenos dão a ilusão de fazer isso por ela, de tirar o peso e controlá-los lá longe, enquanto ela fica leve. Nas nuvens, ela não tem peso. Laura toma taças de vinho misturadas com relaxantes musculares, sente as coxas formigarem e lembra das aulas de tango quando a professora grita "troca o peso!".

*Buenos Aires, 19 de janeiro de 1982.*

*Olá Roberto,*

*Não consigo identificar a razão do seu silêncio. Se foi o fato de eu pedir que você me falasse sobre a Clara, se foi a notícia concreta sobre sua morte, minha redenção em assinar os papéis que resultaram no atestado de óbito, ou o quê.*

*O negócio é que, enquanto eu não encontrar paz, não pararei de te escrever. Como disse, você é a única liga viva que eu tenho estabelecida com a minha Clara. Se eu tivesse coragem, me mudava, como você. Não pra perto de você, fique tranquilo... Não vou eliminar a paz que você está tentando buscar. Além do mais, não suporto nem cidades pequenas, nem cidades de praia, então o local que você escolheu não me apraz minimamente.*

*De qualquer forma, não consigo deixar Buenos Aires. Esta cidade me desperta ódio e fascínio. Como se todo o concreto estampado nos edifícios conhecessem não só a história política argentina, mas a história da Clara. É como se a cidade sempre me prometesse algo, e eu na espera. Há muitos anos, quando eu ainda nem imaginava o pesadelo que a minha vida se tornaria, a minha espera era pelo Jorge. Seu retorno para casa, se pagaríamos as contas no fim do mês. Espera pelo ônibus, pela fila no mercado. Depois, minha espera começou a ser pela Clara. A volta dela pra casa. A opinião dela sobre qualquer decisão que eu tomava. Até o dia em que eu comecei a esperar pelo pior. Como um presságio. Esperar pelo dia em que Clara não voltaria mais. Depois esperar pelo seu retorno. Esperei cinco anos até o telefone tocar.*

*Como a donzela mais bela de uma vila da Espanha de antigamente, Buenos Aires aprendeu direitinho como me fazer esperar. Sua sedução é violenta, como de qualquer outra paixão: vicia, tornando-me obsessiva, e fica à espreita dando gargalhadas enquanto eu espero atormentada.*

*Não conseguiria nunca deixar Buenos Aires. O nosso relacionamento é daqueles em que todos enxergam o óbvio: que apenas uma das partes é capaz de abandonar a outra. E quem abandona nunca sou eu.*

*Roberto, você percebe a minha dor em não conseguir sair desta cidade? Minha vida fica conde-*

*nada ao tom melancólico de um ré menor – quando os leigos pensam que, no piano, o que dá o tom de melancolia são as teclas pretas, mal sabem eles que muitos dos acordes menores são feitos sem elas. Se ao menos eu conseguisse tocar outros instrumentos de corda e não precisasse lidar com as teclas brancas...*

*Na semana passada cheguei a ir até a associação das avós de maio. Entrei muito rápido, peguei um papel com as informações sobre a instituição, e saí sem me identificar. Só de andar até lá, vislumbrando a possibilidade de mudar de cidade, já foi exercício de nostalgia suficiente para o dia. Na verdade, eu estava esperando sua resposta pra ir até lá. Como não veio, fui mesmo assim, mas não consegui ficar muito tempo.*

*As avós de maio formam uma associação parecida com as mães de maio. Na verdade, são as mesmas mulheres – as mães de maio, que estão com os filhos desaparecidos, também são as avós. Mas a associação das avós de maio se concentra em procurar os filhos dos desaparecidos. Acredita-se que muitos desses bebês foram entregues à adoção depois de nascer em cativeiro ou no hospital da polícia. Logo que saí do departamento de polícia, no dia da palhaçada de "reconhecer" os ossos da Clara, uma moça dessa associação me esperava algumas ruas adiante, me chamou pelo nome e disse que tinha mais informações sobre minha filha, e me deu um papel com o endereço da associação. Será que a Clara teve um filho em cativeiro, Roberto? Você sabia de alguma coisa sobre a Clara estar grávida?*

*Com carinho,*

*Rosa*

**LAURA** já foi retraída e tímida, antes de escolher sua profissão, de saber quem era e de ter sua própria casa. Laura cantava apenas sozinha no carro, hoje consegue cantar no chuveiro. Antes, Laura chorava baixinho, hoje grita. Laura sonhava com casamento, filhos, castelos, sapatos de cristal e fadas madrinhas. A perfeição típica de uma pessoa que não grita. Laura sonhava com a falta de conflito.

Hoje, depois de tudo perdido, a mãe, a nacionalidade, o idioma, a virgindade, o primeiro amor, as estribeiras, não há mais espaço para a perfeição. A perda vem acompanhada de libertação e, em noites de calor, de tomar cerveja e escrever pareceres com poucas roupas em casa, Laura sente falta das aulas de piano. Tem vontade de encher os pulmões de fumaça, de ligar para as amigas da escola, tem vontade de dançar, de experimentar as drogas que nunca experimentou, de flertar com aquele cara de quem desviou o olhar. Laura sente, em noites como hoje, vontade de extravasar qualquer sentimento que haja, o cansaço, a arte, qualquer resquício de tristeza ou construção solitária da felicidade, vontade de compartilhar com alguém, mas, ao mesmo tempo, de não ser olhada por essa pessoa. Para Laura, é a sensação de inexistência que permite as mais intensas manifestações de existir e, por isso, quando faz parte de um grupo, Laura não consegue se entregar da mesma forma que consegue quando está sozinha. Em noites quentes de tomar cerveja e finalizar seus pareceres, como hoje, Laura sente vontade de ser tocada, desejada, mas não pelo puritanismo do primeiro amor. Laura sente vontade de se dar sem vestir a perfeição ou procurar celulites.

Ela viveu uma vida burocrática, cumpriu todos os protocolos e formou-se em Direito. Tem o trabalho que paga suas contas e é suficientemente emocionante para mantê-la ali. Mas algum pouco a mais de intensidade Laura necessita e, como não consegue se entregar à intensidade enquanto é observada, Laura prefere morar sozinha.

Em noites quentes como esta, de tomar cerveja e encerrar os trabalhos, Laura gosta de receber os amigos. É como deixar o mundo entrar na sua casa e expor um pouco de seu próprio mundo para terceiros. Sente frio na barriga quando seus amigos visitam sua casa, um apartamento de um quarto na 405 Sul. Eles vão interfonar, ela vai dizer que podem subir, vai liberar a trava da porta apertando o dispositivo, vai girar a chave e escutar enquanto sobem pelas escadas. A expectativa do mundo chegando aumenta, atinge o pico e depois some em fade out, dando espaço para o fade in do frio na barriga de seu mundo sendo exposto. E aí os amigos vão entrar e dar uma olhada na sua prateleira de livros, e ver os raros CDs dispersos pelo hack, sem questionar a ausência de aparelhos para tocá-los, vão notar as opções de decoração, e Laura sente uma daquelas efêmeras sensações de plenitude, pois essa rápida análise ajudará seus amigos a formarem a imagem que eles terão de Laura daquele dia em diante. Ela se diverte um pouco, pois nunca lera aqueles livros ou ouvira aqueles CDs, e o simples fato de eles estarem dispostos ali os tornarão itens definidores de seu caráter.

Laura adora receber os amigos em casa, abrir espaços e expor seu mundo, que pode ser reconstruído a cada visita. Laura sente um frio na barriga um pouco maior, no entanto, quando alguém usa seu banheiro. Laura morde as escovas de dentes. Quando escova os dentes, Laura perde o controle da sua força mandibular ao mesmo tempo em que esconde qualquer evidência de sujeira. Escova os dentes de maneira tão peculiar que não abre a boca — de forma a evitar babar pasta de dente — e as escovas ficam completamente destruídas, arregaçadas. A entrega só pode ser feita de boca fechada. E Laura só se dá conta disso quando tem uma visita trancada em seu banheiro, provavelmente encarando sua escova de dente — mais com cara de utensílio limpador dos espaços de cimento entre os azulejos — com um buraco no meio, formando um coliseu de cerdas que apontam para todas as direções, e marcas de mordidas caninas animais no plástico que sustenta as cerdas. Para Laura, mostrar sua escova de dente a alguém é o ápice da intimidade. É como se todo o peso que ela tenta controlar quando divide a cama com outra pessoa fosse transferido para a escova de dente.

*Buenos Aires, 3 de junho de 1982.*

*Olá Roberto,*

*Você continua sem responder. Eu estava esperando um encorajamento seu para entrar na associação, mas fui mesmo assim. E não vou parar de te escrever. Parece que esse compromisso que eu criei pra mim de ter de te prestar contas, faz com que eu me movimente.*

*Após alguns meses da minha última carta, resolvi criar coragem e me identificar na associação como mãe da Clara. Eles tinham muitas informações. Parece que alguns dos legistas, biólogos e antropólogos forenses transmitem informações para as associações e é assim que eles sabem...*

*É assim que eles sabem, por exemplo, que Clara morreu enforcada. De acordo com o advogado que diz ter as informações, há grandes chances de o enforcamento ter sido provocado por ela mesma.*

*Acatei a explicação do advogado. Se eu for parar pra pensar, começo a imaginar que uma mulher torturada nas condições de Clara não teria como calcular a melhor forma de se enforcar, no caso de ter sido realmente um suicídio. Mas, a essa altura, que diferença faz? Por um lado, senti um certo orgulho de pensar na possibilidade de que aqueles trogloditas talvez não afogaram Clara até sua morte. Prefiro acreditar na versão de que foi ela que controlou seu próprio fim.*

*Me levantei para ir embora e disse "não quero mais saber", quando ele falou que ainda havia mais informações pra compartilhar. "Sua busca está apenas começando", ele disse. Aí me recompus. Quando cheguei, imaginei que eles falariam algo sobre a possibilidade de eu ter um neto, uma vez que a associação trata justamente disso. Mas enquanto ouvia toda a história da possível morte da Clara, esqueci completamente onde estava e o que eu fora fazer ali.*

*Tentar traçar a personalidade e a história da vida da Clara é como tomar a última garrafa de água no deserto. Alguém te oferece a água, você não consegue, de forma alguma, por nenhuma possibilidade, dizer não. Mas você sabe que aquilo é finito. Quanto mais você bebe da água, menos estará disponível na garrafa pra daqui a pouco. E você está consciente disso. E você sabe que daqui a pouco você ainda vai querer mais. Mas, mesmo assim você diz sim e toma aquele pouco de água, limitando seu uni-*

*verso de possibilidades do daqui a pouco.*

*Ouvir sobre o que de fato aconteceu com Clara — caso eles sejam realmente honestos — foi isso, só que muito pior. Houve uma euforia por conta da oportunidade do contato com a verdade. Mas quando ela acabou, ficou o gosto amargo da realidade estampada com o gosto agridoce de fim da linha: não há mais nada a saber. A garrafa se esvaziou.*

*Até que ele disse: "há mais dados sobre seu caso". Aparentemente, também verificaram que os ossos da bacia e dos quadris de Clara estavam dispostos de tal maneira que evidenciavam a realização de um parto.*

*Nesse monopólio de informações — seja do governo ou dos sindicatos, que querem mais associados — não dá pra saber se existe um lado que está genuinamente apurando a verdade. Todos querem angariar credores e fica difícil depositar toda sua confiança em um dos lados. Mas escolhi acreditar nas avós da Praça de Maio.*

*Voltei a buscar.*

*Com carinho,*

*Rosa*

**ELENA** contava mordidas e passos de Ramiro para evitar pensar nas origens da própria filha. Enquanto isso, o tumor, há seis anos diagnosticado apenas no útero, se alastrava pelo resto do corpo. Era 1983 quando Elena recebeu a notícia de que tinha cerca de dois anos de vida. Conheceria Laura apenas até seus oito anos de idade.

Elena se admirava com o silêncio de Laura. Era uma criança intensa, risonha e chorona, mas tão silenciosa. O sorriso não virava gargalhada, e as lágrimas não viravam berros. Elena queria contar os passos de Laura, mas não conseguia, pois nunca a ouvia chegar. Imaginava como a filha seria quando adulta, o que se lembraria da mãe, o que contaria a sua própria filha sobre sua mãe.

Elena não sentia dor. O pior — ou melhor — do tumor, no pensamento de Elena, era saber que ela estava sendo consumida lá dentro por algo que foi criado pelo seu próprio corpo. É a vida mandando calar a boca e vestir a humildade para entender que não há controle. Mesmo se Elena diminuísse o sal na salada ou se não andasse sozinha pelos bairros mais afastados, mesmo se ela fosse sempre uma pessoa precavida e higienizada, o tumor não enxerga rotinas, não faz justiça. Ele simplesmente avança.

No final, ela já não sentia apego pela vida. Só se preocupava com Laura e como fazer para amenizar seu destino. Elena disfarçara os últimos diagnósticos para Ramiro porque sabia que ele não a deixaria livre de tratamentos. A maior preocupação de Elena era sobre como seria a relação entre Laura e Ramiro depois que ela não estivesse mais ali. E então ela compreendeu qual era o seu real papel de mãe. A liga.

Paciente: García de Los Ríos, imigrante.
Consulta n. 3 – 04/07/1992

Quem você matou?
*Os rebeldes que a gente prendia.*

Essa era a sua função? Matar?
*Não. Minha função era torturar. Havia os milicos que pilotavam os helicópteros. Aqueles que atiravam os caras no mar. Tinha os que fuzilavam. Minha especialidade era conseguir informação. Fui recomendado pra atuar na operação pelo pessoal da inteligência. Eu sabia as perguntas certas a fazer. Sabia métodos de fazer os rebeldes falarem.*

Você sentia prazer em torturar?
*Eu sentia prazer em conseguir as informações. Eu chegava no campo e pegava a lista dos dados que o pessoal da inteligência precisava. Depois pensava em quais presos poderiam me passar as informações e ia atrás deles. Isso me dava prazer. Produtividade.*

E a parte da tortura?
*A parte da violência física era um efeito colateral. A parte chata e burocrática, que todo o trabalho tem. Que nem quando você tem que preencher a guia do convênio.*

Então você não sentia prazer em torturar?
*Não. Eu tinha colegas que tinham. Os invejava. Queria saber fazer aquilo com prazer, sofreria muito menos, ficaria muito menos aflito ao voltar pra minha família, à noite. Mas fazia parte, o que eu ia fazer?*

E como você fazia praquilo não te enlouquecer naquele momento?
*Com o tempo eu consegui tomar um pouco de distância. As circunstâncias também ajudam. Existe um auge da aflição, da pena, do dó, mas dá pra desapegar. Na verdade, no começo é tudo bem. Você pega aquele bando de filhinho de papai que adora ficar tendo ideinha comunista e não sabe o que é botar a mão na massa, o que é ter que trabalhar, de fato, e ensina pra eles o que é certo. A autoridade dá, sim, prazer. Eles me olhando, o medo estampado, o medo que vem junto do respeito, te dando qualquer informação que você precisa. Aquele*

*mesmo cara que lá na rua tava gritando pra todos ouvirem que nós éramos os vilões. Até aí eu ainda sentia o controle da situação.*

*No final de tudo, eles ficam todos iguais. Tanto tempo em cativeiro, todos ficam iguais, morrem iguais, ocorre alguma forma de simbiose que você já não diferencia mais uma pessoa da outra, é como se fossem animais, pálidos, magros e famintos, loucos pela libertação ou pela morte. Ou pelos dois. Nus. Ninguém mais é humano depois de meses de tortura. Aí você desapega um pouco.*

Então o que exatamente não te dava prazer?
*Ter que arrebentar com eles. Socar, chutar, bater com o cassetete, dar choque, arrancar unhas... E aí é como o jogo do dominó. Você calcula o risco, mas existe o fator subjetividade do outro jogador. O limite de cada um varia muito.*

E aí de vez em quando alguém acabava morrendo?
*Aí de vez em quando alguém acabava morrendo.*

E o que você fazia quando isso acontecia?

*Eu ficava olhando pra pessoa, até perceber o exato momento em que a vida saía dos olhos dela. É horrível e fascinante ao mesmo tempo. Mas só por um segundo. Depois fica apenas horrível. Aí eu chamava um cabo pra lidar com o corpo e eu ia pra algum outro rebelde gritar. Só pra gritar. Pra conseguir informações com a tortura, o torturador tem que ter, antes de tudo, força mental. Não dava depois de ter matado alguém sem querer.*

**LAURA** não se deixa intimidar pelos dias cinzas na hora de dar suas voltas rituais de bicicleta pela Asa. Em Brasília, até as nuvens são setorizadas. De repente chove no braço direito enquanto o esquerdo ainda está queimando no sol. Quando sai de casa, Laura olha para as cores do céu, que determinam para que lado ela deve ir. Na maioria das vezes, Laura consegue fugir da chuva, olhando o céu, indo para o outro lado do cinza, indo por onde ele acabou de passar e deixou azul. Seguindo a chuva, nunca se deixando alcançá-la. Normalmente dá certo. Quando não dá, Laura se molha.

Ela aceita os primeiros pingos com irritação, os primeiros pingos que fazem os ciclistas e pedestres sem guarda-chuva se sentirem vulneráveis perante o céu. Depois, quando os braços já não estão espaço molhado, espaço seco, quando é tudo uma camada só de ensopado, Laura não vê mais sentido em sair da chuva. Adaptação. A chegada da chuva é como as mudanças que a vida faz enfrentar, mas Laura não se dá conta disso.

Prefere pedalar sem fones de ouvido, escutando o barulho da cidade e do tempo.

Laura não é suicida. Mas certa vez se viu obrigada a enfrentar a avenida W3 por ausência de acesso para bicicletas nas altas calçadas das setecentos e quase foi atropelada por um Zebrinha. Ela ficou imaginando o que aconteceria se ela explodisse, ali, às 17h12 de uma quinta-feira. Imaginou toda a culpa que sairia dela em forma de explosão, em forma de fogos de artifício, fragmentos de culpa atingindo cada pessoa a sua volta, o pai com quem quase não tem mais contato, a mãe que morreu cedo, as amigas que furaram o happy hour de ontem, o ex-namorado, o gerente financeiro da empresa... Um velório lotado de pessoas culpadas por não terem feito mais por Laura. Ela sentiu, então, uma tristeza profunda em imaginar que quando chegasse o momento de morrer, ela explodiria culpa, quando seria muito mais interessante explodir qualquer outra coisa que fosse.

Paciente: García de Los Ríos, imigrante.
Consulta n. 4 – 18/07/1992

Você sonha?
*Depois que tudo acabou, nunca mais parei de sonhar com meus gritos. Já me acostumei com os sonhos. Recebo-os como penitências. E se tenho insônia, aceito como recompensa. Os pesadelos são a forma como Deus aparece de noite pra mim, fazendo com que eu me lembre de cada segundo. Me acostumei e aceito.*

Você acredita em Deus?
*Claro, ué.*

[aqui a fita acabou e a doutora não percebeu]

*Buenos Aires, 27 de agosto de 1982.*

*Desde o momento em que a possibilidade de ser avó de um filho da minha única filha se abriu no escopo da minha busca, não paro de olhar para os lados. Quando ando na rua, qualquer probabilidade é chance. Antes de receber a ligação da polícia, eu buscava o rosto da Clara estampado em cada pedestre. Nos ônibus que passavam, nas pessoas que distribuem folhetos nas ruas. Hoje, busco o rosto de Clara nas crianças. Ou melhor, nas meninas. Quando são meninos, procuro o seu, Roberto.*

*A sociedade em que cresci é injusta com as mulheres, uma vez que estabeleceu que nós somos definidas tendo como critério as pessoas que nos rodeiam. Quando perdi meus pais, fiquei órfã. Quando perdi o Jorge, fiquei viúva. E quando perco minha única filha, numa perda inconclusa e inconcreta, eu fico o quê? A loucura se instala na pessoa quando ela está buscando respostas pra definir a si mesma. É por isso que as avós da associação ficam obsessivas na busca. Elas podem não ser absolutamente mais nada, não são mais mães, mas são avós. De netos ou de fantasmas, são avós.*

*Eu decidi que, além de avó, vou ser professora de piano. Estou vendo casas na Recoleta, onde está a grande maioria dos pais que pagam para seus filhos tocarem eruditamente. Também é lá a maior concentração de milico por metro quadrado. Grande parte das crianças adotadas com berço da Cacha[1] devem estar sendo criadas ali, ou assim me recomendou o pessoal da associação.*

*Vou te mandar a próxima carta já com o novo endereço. Acho que você não vai me responder nunca mais, mas é bom que você saiba onde estou. Espero que tudo esteja bem pra você, que você esteja conseguindo retomar sua vida em paz.*

*Com carinho,*

*Rosa*

**LAURA** cresceu em Brasília. Então tomou muitos ônibus, ou melhor, zebrinhas, sem rumo pela cidade e caminhou muito a pé. Porém, hoje em dia, quando o carro está quebrado, quando Laura se vê obrigada a caminhar, tem sempre a sensação de estar turista em uma cidade nova. Laura gosta de sentir o cheiro da chuva — quando tem — e analisar os desníveis das calçadas, tomando cuidado para não tropeçar nas raízes protuberantes de árvores da Asa Sul — mais antigas que a própria Asa Norte — ou nas calçadas arrebentadas por elas. E sente um leve prazer quando tropeça, mapeando qual foi o pensamento responsável por fazê-la parar de prestar atenção no chão.

Laura fez escola, faculdade, frequentou médicos, aulas de idiomas, clubes de esporte e academias em Brasília. Criou um tipo de intimidade com a cidade que ninguém mais tira. No entanto, há dias em que ainda sente uma peça vazia. Nesses dias Laura se reconhece como intrusa em um território onde as pessoas não são tão claras a respeito da intenção delas. E Laura não consegue definir se isso é como ela se sente em Brasília, ou no mundo mesmo. É um sentimento incômodo, porém produtivo para Laura que, para disfarçá-lo, procura modos de atenuar sua existência. Faz aulas de balé e jazz, se reúne com o grupo de vôlei da empresa, cumpre metas de emagrecimento na academia, se voluntaria e até faz teatro para recitar poemas em saraus, embora ache rodas de violão um saco.

Há duas atividades, no entanto, que tiveram que ficar para depois de 2000: tango e espanhol. Laura não ousava resgatar qualquer associação à cultura argentina enquanto morava com o pai. Sabia que causaria desconforto. Hoje, são as duas atividades com que ela preenche seu tempo livre.

O tango é completamente novo. Por mais que não se interesse pelas músicas, Laura gosta do ritmo, principalmente dos tangos modernos, e da ausência de rebolados, que não lhe cabem. Laura sempre achou que não levava jeito para dançar. Mas no tango percebe que talvez não levasse o jeito para a ginga brasileira. Com o tango, Laura aprende a se entregar, a fechar os olhos e improvisar movimentos de acordo com o que o parceiro a demanda. No tango, Laura delega e, em aceitar a entrega, não alimenta a ilusão de controle. Laura aprende que pode sustentar todo seu peso no abdômen para sentir as pernas leves. Aprende que é possível deslizar e parecer pluma pelo salão, mesmo quando se está acima do peso. Aprende que, para ficar leve, basta sustentar o peso no tronco e que, para se equilibrar, basta colocar o centro do peito na mesma direção do peito do pé que sustenta o peso. Agora ela sabe também que para se adaptar aos passos que o cavalheiro demanda no vai e vem de um oito, basta fazer o tronco ir para a direita e o quadril para a esquerda. Desassociação. No início das aulas, o tango fez Laura se sentir um pouco mais argentina por alguns momentos. Era como se o país estivesse dizendo "Bienvenida!", na voz de Gardel. Mas isso foi só antes. No fundo, Laura só associou o tango à Argentina por causa do senso comum. Ela não tem recordação alguma de referências ao tango durante sua infância. Ela foi à primeira aula com a esperança de que aquela nova atividade despertasse algum tipo de recordação adormecida, esperando uma professora semelhante à imagem borrada impressionista que Laura ainda guarda da mãe, de cabelos pretos presos em rabo alto. Mas quando viu a professora loira de cabelos soltos enrolados e a música moderna, Laura aceitou que o tango não despertaria nem aquela transitória sensação de nostalgia perdida em torno de nada que as pessoas insistem em sentir nos dias chuvosos.

No espanhol, Laura se matriculou neste semestre, em um instituto perto de sua casa, onde dá para ir de bicicleta de manhã, antes do trabalho. Fez um teste de nível e conseguiu entrar no último semestre do básico. Laura se surpreendeu com o quanto se lembrou da gramática. Ironicamente era como andar de bicicleta. Quando se mudaram, Ramiro colocou Laura em cursos intensivos de português para crianças e proibiu-a de falar espanhol em casa, sob o pretexto de que ele próprio tinha dificuldade de assimilar o português e não queria cometer deslizes. Dessa forma, Ramiro eliminou a outra liga que havia restado, após a morte de Elena, entre ele e a filha: o idioma.

– Mi nombre es Laura. Tengo veinte y ocho años. Yo soy abogada.

No primeiro dia de aula, Laura sente um incômodo estranho. É como se ela tivesse vivido toda aquela língua em um sonho distante. Um sonho que não se encerrou direito. Tudo volta, o desenho borrado impressionista do rosto da mãe, o cheiro de café e pão com ou sem manteiga da casa de dois andares da Recoleta, as aulas de piano. Laura lembra da infância com muita dificuldade e, durante aquela primeira aula, reconheceu que talvez estudar espanhol fosse a melhor forma de resgatar sua memória. Decide enfrentar o incômodo estranho. O frio na barriga causa em Laura uma alegria leve e inocente, talvez como se sentia quando era criança. Ao final da aula, o professor elogia sua pronúncia e diz que ela tem grandes possibilidades de falar espanhol fluentemente e sem resquício de sotaques.

Laura nunca teve dificuldade com línguas. Adora conhecer novos idiomas, explorar gramáticas diferentes, conhecer fonemas antes inimagináveis. Ela sorri de como certas palavras rimam em uma língua e em outra sequer podem compor uma mesma estrofe de um poema. Não é a primeira vez que um professor de idioma elogiava a pronúncia de Laura. Ela realmente tem facilidade de identificar as pronúncias e saber a diferença entre "fit" e "feet" no inglês, por exemplo, e adora ter o conhecimento secreto de que como se pronuncia o "i" e o "ee" em inglês nada tem a ver com o "i" do português. Laura sente arrepios quando alguém pronuncia em francês — ao dizer o nome de um restaurante, por exemplo — a palavra "le" como se fosse "les", que aos ouvidos de Laura têm monumental diferença. Sente a mesma aflição de quando alguém risca as unhas na lousa ou confunde margarita com marguerita, ou, ainda pior, quando alguém faz a piadinha do "aftazárdem", em alemão. Mas Laura evita falar em voz alta sobre suas aflições arrogantes.

Não é a primeira vez que Laura é elogiada em aula de idiomas. Mas inversamente proporcional à sua surpresa em conseguir entrar em um nível relativamente avançado, ela não gosta de ouvir de um brasileiro que talvez poderia um dia vir a conseguir falar sem sotaque o que deveria ser sua primeira língua. É como se o professor tivesse invadido sua memória impressionista da infância e, com um canudinho, sugado a tinta que, na memória, era responsável pelo som das vozes de sua mãe e de sua professora de piano. Como se, ao dizer aquilo, ele tivesse deixado ambas mudas, roubado suas palavras, para agora, com livros didáticos e exercícios de completar lacunas, colocar de volta encaixado na cabeça de Laura. Laura sai da aula, compra uma cerveja, para de drama, e vai trabalhar, ansiando a próxima aula.

*Buenos Aires, 14 de janeiro de 1983.*

*Feliz ano novo, Roberto.*

*Como estão as coisas por aí? Creio que boas, se não recebo mais seus lamentos nostálgicos que antes vinham pelo correio.*

*Te escrevo para te mandar meu novo endereço. Terminei a mudança na semana passada. Tive que contar com a ajuda dos meus antigos vizinhos — você se recorda deles, não?. Acho que ainda sou nova para a velhice, mas minhas mãos deram agora pra começar a tremer. Você acredita? Graças a Deus eu ainda consigo tocar piano o suficiente pra dar aulas. Mas fazer a mudança foi difícil estando dentro de um corpo sobre o qual não tenho mais autoridade. O temor da velhice se concretizou quando fui servir um café pros ex-vizinhos que ajudaram. Colocar o açúcar, levar a xícara até eles, foi tudo desafiador. Só não tive problemas em colocar o café da garrafa nas xícaras, engraçado. Parece que meu pulso fica mais nervoso quando tenho que segurar objetos menores.*

*Como se as unhas roídas já não fossem embaraços suficientes para minhas mãos. Sempre tive vergonha das minhas mãos. Nunca consegui não roer unha. Quando jovem, ainda fazia sentido. Mas imagina uma mulher da minha idade roendo unhas. Pois é. Agora deu para os dedos tremerem também. Acho que foi depois que eu soube que talvez eu seja avó. Agora, como avó – ou como mãe que perdeu a única filha – meu corpo sentiu que eu tenho a obrigação, ou talvez a redenção, de deixar a velhice se instalar.*

*Sinto muita vergonha das minhas mãos. Sabe aquela expressão que as pessoas utilizam quando estão em alguma situação de timidez, de não saber onde colocar as mãos? Eu vivo assim. Ironia é a minha profissão ser o piano. Sabe o que é, Roberto? Quando toco, é o único momento em que tenho segurança absoluta de onde devo colocar as mãos, em quais locais exatos e com qual intensidade os dedos devem pressionar as teclas. O piano me dá a ilusão de autonomia. No entanto, toda essa segurança não elimina a vergonha que sinto das minhas mãos. Talvez por isso eu só consiga dar aulas para crianças.*

*Acho melhor parar por aqui. Estou começando a tremer.*

*Com carinho,*

*Rosa*

**ELENA** ficava incomodada quando percebia Laura introspectiva. Era como se naquele momento de lucidez Laura soubesse todos os segredos sobre a adoção e a doença da mãe. E na busca pelo não pensar, todos os dias Elena levava Laura ao parque Las Heras. Elena adorava ver Laura brincando, rindo, interagindo com outras crianças, longe de seus desenhos e introspecções que a faziam amadurecer precocemente.

— Parece que o meu Rodrigo está se dando muito bem com a sua... É filha?

Elena examinou bem a senhora, terminou as seis mordidas que faltavam em seu chocolate, engoliu e respondeu.

— Sim, Laura, minha filha... Rodrigo é seu... Neto?

— Na verdade, Rodrigo é meu aluno. Sou professora de piano. Mas como em casa de avó toda criança é neto... — além do fato de que a mãe dele trabalha muito e realmente precisa de ajuda - após sua aula ainda trago-o no parque por um tempinho.

Elena não estava interessada em tanta explicação. Não gostava de fazer conversas forçosas com pessoas que não conhecia. Ainda mais naquele momento, em que estava morrendo, e poderia gastar todo o seu tempo apenas observando Laura brincar feliz.

— Eu adoro ver a Laura brincar desse jeito. É uma felicidade inexplicável para mim. O Rodrigo é mesmo uma bênção!

— Filha única?

— Filha única.

— Ãhm...

Enquanto isso, Laura e Rodrigo subiam e desciam, alternadamente, na gangorra. Elena estava exultante vendo Laura dar ordens a Rodrigo, pedindo para que ele mantivesse tal altura de forma que eles ficassem no mesmo plano. Então Rodrigo soltava o peso de repente e Laura caía no chão, ainda sentada no banco da gangorra. Elena sentia a dor da queda, mas só ouvia a gargalhada de Laura. E assim deixava. "Ter um filho é se entregar à falta de controle", pensava. Assimilando as diversas gangorras, pintadas em cores primárias, subindo e descendo, Elena nem notou as unhas roídas da senhora ao seu lado. Sem olhar nos olhos castanhos dela, perguntou:

— Qual é o seu nome mesmo?

— Rosa.

— E a senhora dá aulas de piano para crianças pequenas?

— Sou professora de piano para crianças e adolescentes, e quando os pais necessitam, posso ceder um pouco mais de tempo além da aula para cuidar deles.

— A senhora então gosta de crianças...

— Ah... A maior satisfação da minha vida seria ter um neto...

— E qual seria o melhor dia e horário para eu levar Laura para uma aula experimental?

**LAURA** está na terceira semana de aula de espanhol. Hoje, o professor teve de se ausentar e a substituta é uma professora que deve ter por volta de 40 anos e é argentina. É claro que Laura já assistiu filmes em que mulheres dessa idade falam em espanhol. Mas nada é tão invasivo para a memória de Laura quanto ouvir essa professora falar. A professora fala em espanhol com sotaque, não só argentino, mas portenho, pronunciando os *ipsilons* e os eles dobrados como se fossem *xises* – *xises* um pouco mais suaves que os *xises* da Língua Portuguesa. Laura sente náusea.

Já é estranho por si só ouvir a professora portenha de voz doce de mulher formada falar. Mas quando ela chega perto de Laura para tirar uma dúvida enquanto todos fazem o exercício, e fala baixo, em tom didático, no ouvido de Laura "En este caso, para que la voz pasiva, precisamos que el auxiliar 'ser'", de repente Laura é transportada para a infância e a imagem deixa de ser impressionista para ganhar o foco perfeito. A chave certa que se encaixa na fechadura, a dama de paus que completa o straight flush, a sujeira incômoda que sai quando se passa o pano úmido, o término de um livro chato, o último capítulo do seriado, o quadrado que liberta todos os outros no Sudoku. A sensação de quando os óculos corrigem a miopia pela primeira vez: as áureas que circundam os objetos antes de colocar os óculos se juntam muito rapidamente à coisa principal. Encaixe. Laura lembra dos traços do rosto da mãe e de seus lábios finos e como se questionava por que seus lábios eram tão grossos, diferentes do pai e da mãe. Lembra do parquinho onde brincava e do amiguinho que também era aluno da mesma professora de piano. Lembra do sabor doce do suco de laranja feito pela professora todo final de aula de piano. Lembra do seu quarto e do cheiro do amaciante que sua mãe usava nas fronhas. Lembra da expectativa que era aguardar o retorno do pai do trabalho e como eles se reuniam na frente da televisão após o jantar. Lembra da gritaria de crianças correndo na rua nos fins das tardes de domingo. Lembra de árvores de Navidad e de batatas fritas no almoço, batatas que sua mãe cortava em formato de palitos. Laura lembra dos primos e das tias, da avó materna, que nunca mais viu.

Laura pede licença e vai ao banheiro chorar. Laura nunca questiona nada. Não se percebe como uma pessoa passiva, pois no lugar de questionar, preenche o tempo obsessivamente com atividades aleatórias. Desde adolescente faz isso e seu pai a encoraja. Talvez por isso, entre seus dez e 28 anos não tenha perguntado sobre sua família. Hoje, no entanto, sente subitamente a solidão de nunca nenhum deles ter vindo buscar por ela. Imagina que a morte da sua mãe deva ter sido tão dolorosa para a família toda que eles mesmos, sua avó inclusive, optaram por não sustentar um contato com Ramiro e com Laura. Ou será que seu pai havia evitado e não mantido atualizadas listas de endereços e telefones? Laura chora e acha estranho que se recorda mais de sua professora de piano do que de suas avós. Lava o rosto, volta para a sala, termina a aula, e não retorna nunca mais. Chega no trabalho, liga para o namorado dos olhos verdes:

— Não quero ir mais pra Buenos Aires. Vou cancelar nossa viagem, tá? Desculpe, escolhe qualquer lugar que você quiser, eu ligo na agência e negocio uma troca, pode ser?

— Caramba, Laura, sério. O que deu em você?

— Depois te explico.

— Só topo se puder ser praia.

Laura detesta praias.

— Que tal Búzios? – ela sugere.

Paciente: García de Los Ríos, imigrante.
Consulta n. 5 – 01/08/1992

O senhor torturava mulheres?
*Sim.*

Estuprava?
*Sim, era um dos itens da lista que cumpríamos.*

Você estuprava burocraticamente...
*Não tinha como não estuprar quando havia mais agentes comigo. Era o que era feito, simplesmente. Não se questionava. Não tentei não fazer. Mas imagino que se eu não estuprasse junto, viraria piada no centro. Seria ou bicha ou comunista.*

Então você está me dizendo que também não gostava de estuprar.
*Eu sei que você acha que eu estou aqui fazendo média, me fazendo de vítima. Mas eu tô pouco me lixando. Eu não quero ser julgado, não quero ser preso, mas foda-se também. Foda-se tudo, que mer-*

*da de vida. Eu tô falando a verdade e nunca mais na vida vou ouvir um tom de voz complacente com a minha história. Eu era apaixonado pela minha mulher, apaixonado. Nunca a trairia. Mas não é por causa disso que eu não tinha vontade de estuprar. Eu não estuprava porque, além de amor, eu sentia medo da minha mulher. Ela era intimidante pra mim. Nem em pensamento eu cogitava trair. Com medo de chegar em casa e ela notar qualquer cheiro diferente em mim você acha que dá pra ter prazer, principalmente comendo mulheres que quase já não são humanas, que não olham, não falam ou gritam, que não têm mais eficiência pra emitir qualquer tipo de sensação pelos poros, a não ser os cheiros? Quando eu matava sem querer, voltava pra casa com culpa. Nos dias de estupro, voltava com medo. E nojo.*

O processo de tortura nas mulheres é o mesmo que você me descreveu na sessão passada? Há o auge do prazer na conquista das informações, depois o desprazer, o fascínio com a morte, tudo?
*É basicamente a mesma coisa. Só que a sensação do controle, em conseguir as informações, com as mulheres era ainda mais prazerosa. Você tirar*

*informações de uma mulher, que normalmente resistem mais que os homens, com métodos que você está aplicando e controlando, é um jogo de sedução. É prazeroso mesmo. Mas a parte da aflição é muito pior com as mulheres. Eu não gostava mesmo. Depois me acostumei.*

*Que nem eu me acostumei a preencher guia do convênio.*

Mas e a sensação da morte, com as mulheres, é a mesma?
*Só aconteceu de mulher morrer comigo uma vez.*

E com ela, você sonha?
*Sempre. Nos dias em que Deus agenda pra ela entrar no meu pesadelo, por mais que eu lute contra o sono, não costumo receber a recompensa da insônia.*

Qual era o nome dela?
*Não me lembro direito. Alguma coisa com duas sílabas... Luna, Rosa, Clara, Vera... Algo assim. Quando*

*ela morreu, ela já tava em cativeiro há pouco mais de um ano. Já não era mais humana.*

E por que ela foi mantida viva tanto tempo?
*Quando ela chegou, logo descobriram que estava grávida, e de pouco tempo ainda. Então mantiveram-na, até o bebê nascer, em regime especial. Para que não abortasse espontaneamente, a gente tinha limite nas metodologias que podíamos aplicar. Tínhamos que conseguir alguma informação, mas os limites para mulheres grávidas eram mais estabelecidos. Era como se os bebês dessem a elas um pouco de chance a mais. Não entendo por quê, se a ideia era que todo mundo morresse mesmo.*

*Buenos Aires, 10 de abril de 1983.*

*Olá Roberto,*

*Como vai?*

*Aqui tudo vai relativamente em paz... Passei a frequentar as reuniões das avós da Praça de Maio que, quando não são na associação, são na Confeitaria da Violeta, o que torna tudo mais agradável. Em contato com elas, consegui alguns primeiros alunos para ocupar meu tempo e aumentar minha renda. Todos os benefícios que eu recebo por causa da morte do Jorge e dos meus pais pagam à risca as despesas de se morar na Recoleta.*

*O Rodrigo é o neto de uma das minhas colegas da associação. Ela é uma das fundadoras e trabalha lá em tempo integral. Também trabalham em tempo integral os pais do Rodrigo e, por isso, a cada dia da semana, depois da escola, ele tem uma atividade diferente. Às terças-feiras pela tarde ele fica comigo. Eu o busco na escola, e às 18h a Alba vai buscá-lo lá em casa. Durante esse tempo, ele faz dever, temos uma hora de aula prática, meia hora de aula teórica, depois vamos ao parque. Na volta ele fica praticando pelo tempo que quiser, sem minhas interrupções. Ele toca muito bem, o Rodrigo, e tem apenas nove anos.*

*Na última terça-feira, enquanto estávamos no parque, consegui mais uma aluna, a Laura. Conheci a mãe dela enquanto observávamos as crianças brincarem. Laura e Rodrigo se deram bastante bem nos brinquedos do parquinho.*

*A mãe da Laura, a Elena, me pareceu muito triste, fechada, fraca. Parecia que não queria conversar comigo, ou com qualquer um que fosse. Mesmo sem entrar em outros assuntos, me perguntou sobre as aulas, sobre o fato de eu ser professora de piano e estar com um dos alunos no parque, e disse que vai querer fazer o mesmo com a Laura às quintas-feiras, a partir da semana que vem.*

*Para as avós da Praça de Maio, toda e qualquer criança é especial. E a gente anda pelas praças e parques da cidade, sentamos nos bancos e observamos as crianças brincarem, sorrirem, gritarem e chorarem. Observamos com peles arrepiadas de perdas nostálgicas. A cidade se divide entre os que têm dó da gente e os que nos acham velhas absurdas e loucas. Bruxas.*

*Roberto, já era hora de você voltar, você não*

*acha? O país já respira os primeiros ares da democracia e o governo militar está em total descrédito com essa história das Malvinas. Será que você já voltou, não avisou e também está aqui perdido por essa Buenos Aires?*

*Com carinho,*

*Rosa*

**LAURA** chega em Búzios acompanhada do namorado de olhos verdes. Eles estão hospedados em um hotel simples, que não fica à beira da praia, mas que quebra o galho: ironicamente, para Laura é mais uma dessas pousadas de Búzios frutos da farsa argentina de camas nas áreas externas, piscinas misturadas com lounges, donos-artistas que preparam os próprios drinks e selecionam a música e lençóis mal-cheirosos e grossos, vítimas da maresia. Com a viagem, Laura e o namorado comemoram os últimos seis meses que têm passado juntos.

Laura não é das mais apreciadoras de praias. Não gosta da areia seca, da superexposição e do protocolo de passar horas sentada, parada, tomando sol. Mas há algo sobre o mar que a encanta. Ela não leva muito a sério, pois deve encantar a todos, pensa. Quando a praia é mais vazia, como Manguinhos, ela curte ouvir o barulho da água misturado com o pagode longe ao fundo, cujos trechos chegam em intensidades variadas, de acordo com o vento. Ela não gosta da areia seca, mas gosta da molhada, quando caminha na beira do mar, muito no início da manhã ou já no fim do dia. Laura não gosta de admitir sensos-comuns, mas adora o pôr do sol e as aves em volta dele.

Os seis dias em Búzios se passam melhores do que Laura não esperava. Depois de já ter tido diversos sonhos furtados, por ela mesma, com medo de pedir ajuda ao pai, aos quase trinta anos Laura parou de criar expectativas com aquilo que não pode controlar, inclusive, namorados. Não que ela espere o pior, ela simplesmente não espera. Então esses dias de alegrias leves e felicidade amena vestem como luva o coração irrequieto de Laura. Dias de contemplar belezas naturais e de ficar deitada por horas ao lado do namorado, cujos dedos ainda têm gosto de novidade. Se fosse mais nova, Laura não saberia apreciar o cenário. Questionaria por que alguém de olhos verdes estaria perdendo tempo com ela, ou se fez bem em deixar o pai sozinho, ou se sobrecarregou as colegas do trabalho, ou por que deixou sua gaveta de meias bagunçada.

Hoje não. Enquanto percebe o sol se pôr por causa dos tons variados refletidos na cortina bege, aninha o rosto no peito do namorado, ouvindo-o contar qualquer história em que não presta atenção, e se permite a ventura. Presta atenção exclusivamente no tom de voz do namorado, grave, baixo, lento, preguiçoso. Tom de voz deitado, com volume de maresia, combinados com o barulho do mar e o pagode ao longe. Se ele pedir, Laura não vai saber emitir qualquer opinião sobre o que ele está falando, mas repousa no pensamento de que enquanto ela estiver ali, se mantendo sã para essa outra pessoa, ninguém mais terá o direito de ouvir aquele exato tom de voz. Laura sorri, pois são raros os momentos em que sente exclusividade. No resto do tempo, ela é só mais uma mulher que aprecia pores de sol.

A noite de hoje está fresca e, como ontem e antes de ontem, o casal vai dar uma volta na Rua das Pedras e escolher um restaurante para ficar. Estão evitando aqueles cujos donos são argentinos pelo mesmo motivo por que Laura escapou das aulas de Espanhol — e já basta a pousada. Mas hoje eles encontram um restaurante pequeno - ou como preferem, bistrô —, simpático, que serve não apenas os óbvios frutos do mar, mas também crepes e pizzas, e resolvem ficar. O carro-chefe do restaurante, na verdade, são as bebidas e a maconha, e os dois topam fazer aquela noite mais interessante.

Paciente: García de Los Ríos, imigrante.
Consulta n. 6 – 15/08/1992

Com o que você sonhou na última noite?
*Com ela.*

Sua esposa?
*Não. A mulher que morreu enquanto eu a torturava.*

A mulher que você matou.
*A mulher que morreu enquanto eu a torturava.*

Como ela era?
*Igual as outras.*

Então como você sabe que no seu sonho é ela?
*Pelo que me contaram quando passei a tomar conta do campo onde ela tava, é que ela era uma das cabeças das uniões universitárias, que escrevia e editava aqueles jornalecos da esquerda peronista estudantil. Devia ser mais uma jornalistinha arrogante do cacete. Pelo menos era o que contavam. Decidiram*

*esperar os filhos dela nascerem pra que, depois de parir, a gente pudesse aplicar métodos mais rigorosos pra ela começar a falar. Ela não falava. Nunca ouvi sua voz.*

E o que fizeram com o bebê?
*Os bebês. Era um casal de gêmeos. A menina eu adotei.*

O que você vê quando sonha com ela?
*Eu vejo as bochechas dela em rápidos movimentos de contração e descontração. Ela contraía o músculo das bochechas, o tempo todo, compulsivamente. Enquanto estava parada, enquanto recebia as torturas. Em vez de gritar, parecia que ela mordia cada vez mais forte, sangrava a boca dela, de murros que ela levava, mas também das mordidas de dor que ela dava. De tão magra, dava pra ver as bochechas subindo e descendo, contração.*

E de repente ela morreu.
*De repente ela morreu.*

E você viu a "vida sair dos olhos dela"?
*Não. Não percebi que hora ela morreu. A gente tava aplicando muitos métodos, ela já tava toda arreben-*

*tada. Foram umas três horas de tortura, intensa. A gente tava com muita raiva. Deixamos ela viva, ela pariu os bebês no nosso hospital, com médicos nossos, e ela não falava. Ela não falava. Uma hora, duas horas, batendo, choque, ela não falava. A gente não parou. Não sei qual foi a hora que ela morreu. Depois mandamos os cabos lidarem com o corpo. Eles devem ter simulado um enforcamento suicida, algo assim, que era como a gente tinha que responder pro pessoal da inteligência quando sem querer morria alguém que não podia, alguém que tinha muita informação.*

E ela, você chegou a estuprar?
*Não faço a menor ideia.*

E no seu sonho ela aparece que nem as outras? Como você diz, não humanas?
*Sim. Tem uma diferença. Mesmo morta e depois de mais de ano em cativeiro, os lábios carnudos dela se recusavam a empalidecer. E é por isso que eu sei que é ela quando sonho.*

*Buenos Aires, 30 de maio de 1983.*

*Oi Roberto,*

*Te escrevo para contar sobre a minha aluna Laura, falei dela na última carta. Sempre quando é quinta-feira de manhã, antes de ir buscar Laura na escola, faço um bolo de "nada", como ela chama, que é na verdade bolo de leite, sem cobertura, sem recheio. Bolo de nada é o favorito da Laura, ou assim ela fala. Não sei se é só pra agradar a mim e às minhas unhas roídas.*

*Também faço suco de laranja, bem coado, Laura não gosta dos pedacinhos. Quando é terça-feira, tem que ser mamão com laranja e bem adocicado, se não o Rodrigo não toma. Mas pra Laura pode ser sem açúcar, ela prefere.*

*Pra Laura também adianto o que a gente vai ver de aula. Pra ela dou quarenta minutos de aula prática e cinquenta de teoria, que ela prefere. Pego as partituras que Laura vai tocar no dia e escrevo por extenso as notas da clave de fá, embora eu não tenha certeza se é disso que ela precisa. Ainda estou tentando mapear qual é exatamente a dificuldade da Laura em tocar. Hoje vou colar adesivos nas teclas do piano, indicando as notas. Não sei se vai ajudar. É a primeira vez que faço esses tipos de preparações. Para o Rodrigo, por exemplo, nunca precisou. E para outros que precisaram, sempre me recusei a utilizar esses artifícios. Sempre acreditei que a criança tem que aprender da maneira correta e não ser complacente. Mas tenho medo da Laura desistir das aulas.*

*Hoje, porém, é diferente. Estou preparando o bolo, o suco e as notas musicais de forma muito mais delicada, e nem sei se ela vem. Na última quinta-feira quem veio buscar a Laura foi seu pai, Ramiro, em vez de Elena. Elena já havia me comentado sobre a profissão de Ramiro – militar –, mas conhecê-lo ao vivo me fez esquecer completamente por alguns minutos. É um sujeito tão... como dizer... delicado? Cortês e educado. Ele me disse que Elena estava muito fraca devido a um câncer, que da última semana pra cá havia sido internada e que tinha poucos dias de vida.*

*Ele disse isso com uma tristeza. A voz suave e chorosa dele cortou meu coração e tive que me segurar pra não chorar na frente dele. Minhas mãos começaram a tremer da mesma forma como tremeram quando Elena me contou que Laura era adotada, depois de eu já saber a ocupação de Ramiro. As avós da Confeitaria da Violeta não podem nem sonhar que eu cheguei a ter dó de um militar.*

**LAURA** tomou seis drinks: dois de coco, um cosmopolitan, um chopp, e outras duas capiroskas. O namorado não sabe quanto tomou, pois só ficou na cerveja com refil automático do garçom. Também perderam a conta dos beques. O moço do violão já perguntou a cada casal que música eles queriam e Laura já pediu A Rita, do Chico. Laura sempre tem brancos quando alguém fala para ela pedir qualquer música. Então decorou: em qualquer tipo de evento – luaus pelas casas do Lago em Brasília, músicos de boteco –, quando não está bêbada o suficiente para gritar "Toca Raul", Laura sempre pede A Rita. Depois costuma ficar sem graça, pois não sabe a letra de cor para acompanhar. Já passou essa parte da noite, o namorado já subiu no palco para tocar junto do músico local, Laura já tirou fotos, já bateu palmas, já está nas nuvens e com as coxas formigando e já gargalhou. Só sobram os dois no bar, e o dono, muito simpático, vem servir whisky.

– Olá Casal, quem fica no meu bar por último ganha uma dose de whisky, vê o músico ir embora e troca uma prosa comigo. Não vai ser diferente, né?

— Claro que não! Como tu chama? — aceita o namorado simpático.

— Pode me chamar de Bob. Aqui me chamam de Bob.

— Você não é daqui, seu sotaque é diferente... É da Argentina? — arrisca Laura.

— Sou de lá, mas moro aqui está perto de completar 30 anos. Vai dizer: se a gente não estivesse em Búzios, onde 80% da população empreendedora é de lá, você talvez nem chutaria Argentina, chutaria?

— É, talvez não. Você tem aquela cara de que pode ser de qualquer lugar.

— A Laura é argentina! — revela o namorado.

— Sério! Pero entonces hablemos en español!

— Claro que não! Moro no Brasil há 18 anos, nunca mais voltei pra Buenos Aires, mi español es muy fueda.

— É mesmo? Confesso que eu deixei Buenos Aires há 28 anos, fugido da guerra civil, e nunca mais voltei também.

— Foi o que meu pai fez, mas há 18 anos. Depois que a minha mãe morreu, ofereceram a ele um emprego no Brasil, a gente nunca mais voltou. Nem contato com a minha família eu tenho. A ditadura foi mesmo uma ferida que ficou aberta muito tempo. Meu pai nem fala direito sobre isso. — O namorado se surpreende e deixa Laura falar. Encontrando um argentino tranquilo e com seis drinks na cabeça, talvez ela conte mais do que ele já conseguiu desvendar nos últimos seis meses.

— Nossa... Mas seu pai era militante?

— Não. Milico.

— Ah...

— Mas assim, sem problemas, eu mesma nunca fui atrás de estudar a história recente da Argentina, justamente por ter determinado posicionamento em casa. Não sou emocionalmente envolvida com o assunto, pode ficar à vontade.

— Eu, na verdade, era mais um daqueles rebeldes que não sabia muito o que estava falando e por quê. Na época, parecia, e até hoje eu acredito que fosse, que era a coisa certa a defender, mas confesso que eu mesmo não era muito esclarecido sobre aquilo tudo. É impossível enxergar com clareza no meio do furacão. E na época, eu tinha uma namorada. Ela tinha sido minha namorada praticamente a vida toda até aquele momento. E por minha causa, porque eu e os moleques do bairro começamos a nos engajar naquela coisa, ela entrou pra um desses grupos da juventude, universitários peronistas. Foi aí que ela começou a levar mais a sério que todo mundo. Ela estudou, ela leu tudo, ela argumentava com a gente. Ela não era de gritar, de convencer, de fazer cartaz. Ela só queria mesmo discutir as ideias. Os pais dela ficavam loucos. Mas ela era só muito inteligente mesmo, escrevia pras publicações desses grupos revolucionários tudo. O negócio dela não era bagunçar. Não sei se era uma espécie de inocência a dela, de que o país poderia realmente mudar com a força das ideias.

— Ela fugiu pra cá com você?

— Imagina! Se naquela época qualquer um fugisse, era covarde. Quando meus primeiros amigos começaram a desaparecer, eu já pensava nisso, mas nem tinha coragem de propor a ela. Nunca propus. Me arrependo. Vai saber se ela não teria aceitado...

— Então você veio e ela ficou?

— Ela foi pega. E foi aí que eu fugi.

— Caramba... E você não tem mais nenhum amigo daquela época?

— Houve um tempo em que eu mantive contato. A mãe dela me escrevia. Quando, em uma das cartas, ela disse que tinha ido "reconhecer o corpo" da Clara, – e aqui Bob faz o gesto das aspas com os dedos no ar –, eu parei de responder. Mudei de endereço, de telefone, dei um jeito de casar aqui, refazer minha vida. Nunca mais falei sobre a Argentina. Até hoje.

*Buenos Aires, 13 de janeiro de 1985.*

*Passei os últimos anos sem escrever, Roberto, desculpe-me. Estava com todas as minhas poucas energias voltadas para as aulas de Laura. Prepará-las, corrigi-la, fazer com que Laura aprendesse, mas não se irritasse. Não queria de forma alguma perder aquela aluna. No ano passado, depois da morte da mãe, o pai da Laura passou a me pagar pra ela vir três vezes na semana.*

*Em alguns momentos eu queria dizer que ela era a filha da Clara, que parecia com a Clara. Mas sei que seria loucura de minha parte. Nós, avós da Praça de Maio, em alguns contextos somos chamadas de senis. Quando as pessoas gritam com a gente que somos loucas, eu as ouço e acredito. Então parei de mencionar em voz alta cada vez que eu sinto que uma criança pode ser a minha neta ou meu neto. Mas depois que a Laura passou a frequentar não só a minha casa, mas a minha rotina, nunca mais achei que qualquer outra criança pudesse ser filho de Clara que não Laura. Mas vendo o desgaste que todas as avós da associação passam pra provar quem são os netos e as brigas e distanciamentos que isso causa... Prefiro não falar nada, dar minhas aulas à Laura, conviver essas preciosas horas que eu tenho com ela na semana, e viver de ilusão. No fundo, devo estar mesmo senil e nada disso deve ser verdade, nem sei se Clara foi, de fato, mãe.*

*A Laura não ri ou gargalha como a maioria das crianças. Pelo menos não na frente de adultos. Ela é uma criança em certo nível séria, que faz o adulto derreter nos parcos momentos em que sorri. Os sorrisos daquela criança são como epifanias. Parece até que Laura calcula seu sorriso para conquistar os adultos a lhe darem bolachas recheadas e bolos de nada. Mas por serem calculados não são menos bonitos e puros sorrisos de criança.*

*Laura não é boa no piano, tadinha, não nasceu com o dom pra música. Mas é tão inteligente. Basta ela conhecer a harmonia de uma música que ela sabe fazer rapidamente a proporcionalidade matemática de mudar o tom, sem ainda nem ter idade pra ter aprendido regra de três. Acho que a grande dificuldade de Laura na hora de tocar é que os dedos dela não acompanham a velocidade com que o cérebro lê as notas. Ela não toca bem, mas é como se "falasse partitura" fluentemente.*

*Hoje foi meu último dia de aula com a Laura. Sei disso porque quando o Ramiro veio buscá-la hoje, vi como ele olhou para uns papéis que estavam em cima da mesa de jantar. Eram alguns informativos das avós da Praça de Maio que eu esqueci de esconder. Ele observou os papéis por vários segundos, depois levantou os olhos, fixou-os nos meus e, sem tirar os olhos de mim, falou "vamos, Laura, pega suas coisas". Sua voz fina até ficou mais grave. Ele foi rude com Laura desnecessariamente. E não deixou o cheque do mês. Eles nunca mais vão voltar, Roberto. Socorro.*

**LAURA** acaba de terminar mais um namoro. E embora a solidão e a carência gritem no seu ouvido durante à noite, quando acorda sente uma leveza típica de todas as vezes em que termina um relacionamento: agora não precisa controlar seu próprio peso por ninguém. Laura vai continuar sua vida, esquentar seus chás e tomar seus vinhos, pintar as unhas de 122 tons diferentes, o cabelo de três. Vai quebrar com os molares 12 escovas de dente vagabundas. Laura ainda vai ter muitos relacionamentos, e amizades ainda em quantidade maior. Laura vai ter momentos de intensidade, promoções no trabalho, altos e baixos com dinheiro. Laura vai ver suas mãos envelhecerem tal como — e trêmulas quanto — às daquela professora de piano, com a diferença de que as unhas não são roídas. Vai ter a impressão de viver intensamente, mas, quando chegar ao fim da vida, Laura vai olhar para trás e, com a visão macro da coisa, vai se dar conta de que viveu mais uma daquelas vidinhas ordinárias. E não vai se entristecer por isso. Vai, sim, sentir alívio. Laura vai viver e sentir tudo isso sem saber que um dia, quando seu namorado de olhos verdes a levou a Búzios, teve quarenta minutos de ouvir a voz do seu pai verdadeiro. Ela não vai saber porque a vida real não é tão óbvia, eles não vão se olhar simplesmente e se reconhecerem pai e filha porque "caramba, como somos parecidos". A vida real é mesmo esses desencontros entre crianças adotadas e seus pais verdadeiros em caixas de supermercado, filas do banco, o carro do lado no engarrafamento, ou o menino que passa dando folhetos no sinal, de carro em carro, ouvindo dois segundos de trechos de música de estilos diferentes, que ardem em volumes variados em cada carro, e de sertanejo para rock para reggae para pagode para trilha de Ghost não se sabe se aquela pessoa com quem se acaba de cruzar é parcialmente responsável para que se esteja exatamente onde está. Laura nunca se dará conta disso, apesar de olhar em volta e absorver as diversas culturas, personalidades e informações das pessoas, principalmente quando está sozinha. Laura nunca saberá, mas é exatamente por isso que ela vive mais uma vida ordinária, porque, na crença de Laura, para conseguir engolir e absorver todas as cores, deve-se estar e ser sozinho. Vítima de uma vida regida pelos encontros desinformados, até o fim, então, Laura manterá o sobrenome que ganhou do pai adotivo: García de Los Ríos.

*Búzios, 20 de outubro de 1981.*

*Minha cara Rosa,*

*A vida no Brasil é melhor do que na Argentina, no momento. Aqui eles ainda estão rumando para a democracia, mas a pior parte da ditadura, segundo dizem, já passou. Aqui é, sim, muito quente, mas não pior que Buenos Aires no auge do verão. Em Búzios ao menos temos a brisa do mar e a ausência do concreto. Estou tentando arrumar minha vida por aqui e, sim, já me adaptei à praia. Essa foi a parte mais fácil.*

*A notícia da morte da Clara só veio atestar o que já sabíamos, mas seguíamos negando. Talvez por estar longe, o conformismo me cai melhor do que em você. Talvez porque você é mãe ou talvez porque a minha saudade toda da Clara eu resolvi engarrafar e jogar no mar. É por isso que eu fugi pra cá. Essa é a minha forma de lidar com as coisas e, por isso, se eu fosse você, eu não remexeria nessa história das avós da Praça de Maio. Mas, como você ressaltou inúmeras vezes, eu não sou você. Então faça o que seu coração de mãe-órfã mandar. Você sente aflições que eu nunca poderei compreender, então não sou eu quem deve te aconselhar a respeito.*

*Para ajudar a montar seu quebra-cabeça: a Clara me conquistou na escola ainda, porque ela gostava tanto das palavras e porque tinha muito conhecimento em História. Eu odiava as aulas de História, mas nada era mais bonito do que ouvir exatamente o que o professor havia explicado pelo filtro da interpretação da Clara. Acho que o que me manteve apaixonado por todo o tempo que ficamos juntos foi o fato de que eu nunca seria suficiente pra ela.*

*Búzios, 22 de maio de 2007.*

*Rosa,*

*Logo que você me informou sobre a morte da Clara e me pediu que eu a descrevesse, escrevi essa carta acima. Mas parei onde parei e não consegui continuar. Nunca eu conseguiria descrever tudo o que passamos juntos. Nada do que eu falasse sobre a Clara seria fiel à complexa personalidade dela.*

*Eu me sentia muito pequeno e impotente escrevendo sobre ela cada vez que tentava. Insistir em terminar essa carta me desnorteou, e por isso mudei de endereço, de telefone. Não sei se depois dessa carta você continuou escrevendo. Não sei nem se você está viva – pelas minhas contas a probabilidade de você estar viva e de não estar são equivalentes –, e, se estiver, talvez nem more na sua antiga casa, onde Clara me levou pra comer bolo com suco e conhecer você e o Jorge.*

*Hoje me deu vontade de te enviar porque apenas agora fui entender que pra você tanto fazia se o registro era fiel ou não. Você só precisava de pedaços do quebra-cabeça, e eu não fui capaz de te fornecer. Por favor, me perdoa.*

*Ontem de madrugada, pela primeira vez, eu conversei sobre a Argentina. Um casal muito simpático apareceu no meu restaurante e a menina era argentina também. Mas foi criada no Brasil e nem do espanhol a coitada se lembra direito. O pai foi militar na ditadura. Mas mesmo assim senti vontade de contar minha história. Pela primeira vez falei sobre a Clara aqui em Búzios. Em voz alta. O fato de a menina ser filha de militar não me intimidou. É uma pena que eu não me lembre do nome dela. Porque vou te contar, os lábios grossos e o olhar dela fascinado de prestar atenção na minha história me deram vertigem. Parecida demais com a Clara. Mas acho que eram só a nostalgia e o whisky falando.*

*Um abraço carinhoso, Roberto.*

A ditadura da Argentina, os desaparecidos e as cerca de 500 crianças sequestradas e adotadas por famílias de militares e policiais da década de 1970 são reais. As Avós da Praça de Maio também são.
O resto é ficção. [NA]

Alan Cosmo
Aline Brignol Menke
Ana Paula Leite
André Neublum Balistrieri
Antonio Lui
Ariel de Silvio
Benjamin Catarina Rizzotto
Carla Camila Alves Rocha
Carlos Eugênio da Motta Pacheco
Carolina Ramos
Clarissa Felix
Cristiano Oliveira de Sousa
Dinismary Cardoso
Dri
Erick Alencar
Evelin Campos Vieira
Fabio Barbosa
Felipe Azambuja
Fernanda Pimentel
Flávia Rusky
Flávia Buonvento
Gabriel Lui
Glorinha Menezes
Hamilton Caetano Leal
Isabela Crepaldi
Ivanna Suzarte
Janaína Freire
Jannis Gonzalez
Julia Amaral
Juliana Marra
Julianna Curado
Lara Craveiro
Laura Rosa Friche
Lídia Oyo
Lidiane Barbosa
Lu Oliva
Luana Spinillo

Luana Oliveira
Luisa Donatelli
Luísa Reis
Luiza Troina
Marcela Coelho
Marí Carvalho
Mariana Zanatta
Mariane Rezende
Maria José Caetano Leal
Mario Craveiro
Meg Vicente
Misa Freire
Monice Fernandes
Nelson Dafico Filho
Norma Carvalho
Pedro De Oliveira
Pedro Valadares
Rafael Veras
Rafael Cachuté
Rayssa Liao
Rosa Maria Scicchitano
Silvia Girardi
Sócs Ferro
Sônia Spínola
Tatá Barozzi
Tati Rothman
Têla Caetano Leal
Thaís Nita Carvalho
Thiago Escudeiro Craveiro
Thiago Godoy
Helbe Travassos
Tulio Costa
Vera Lima
Vinicius Lima
Viviane Cruz
Yumi Cirqueira
Zé Caetano
Ziza Crepaldi

MOTOR

Agradecemos a todos que fizeram este livro acontecer, participando da Edição Social.

MOTOR
PODER ao autor
www.imaeditorial.com/motor



*Revisão* Priscilla Morandi
*Coordenação* Jackson Jacques
*Capa* Julio Silveira

Mulheres que mordem — Rio de Janeiro : Motor : Ímã editorial, 2015, 120p; 21 cm.

ISBN 978-85-61012-40-3

1. Romance. I Leal, Beatriz II Título. II Série

CDD 869.3
BISAC FIC031000, FIC037000

ímã

Ímã Editorial | Livros de Criação
www.imaeditorial.com

Letra e Imagem Editora e Produções

EdiçãoJ 3.M.0, janeiro de 2017